길을 잃어야 길을 찾는다

초판 인쇄 | 2006년 08월 05일
초판 발행 | 2006년 08월 10일

지은이 | 이지윤
펴낸이 | 신현운
펴는곳 | 연인M&B
디자인 | 이희정
기 획 | 여인화
등. 록 | 2000년 3월 7일 제2-3037호
주 소 | 143-874 서울특별시 광진구 자양동 680-25호 (2층)
전 화 | (02)455-3987, 3437-5975 팩스 | (02)3437-5975
홈주소 | www.연인mnb.com / www.yeoninmb.co.kr
이메일 | yeonin7@chol.com

값 7,000원

ISBN 89-89154-60-X 03810

길을 잃어야
길을 찾는다

이지윤 잠언시집

연인 M&B

| 서문 |

젊은이는 알 수 없어 절망하고, 늙은이는 할 수 없어 절망한다 했던가?

이제는 삶 대부분의 질곡을 지나온 느낌이고, 터널을 빠져나온 느낌이며 무엇이 진정 소중한 것인지 알게 된 느낌이다.

한 마리의 나이든 백조이기도 하고, 한 그루의 나무이기도 하고, 하나의 손때묻은 현악기, 타악기이기도 한 이 길목에서 나보다 더 헤매이는 사람들에게 들려주고 싶은 이야기를 묶으면서 또 부끄럽기만 하다.

그것도 심히 부끄럽기에 고개를 숙이며 땅을 본다.

2006년 7월

이지윤

| 차례 |

길을 찾는다

삶에는 여러 갈래의 길이 있습니다.

어떤 길로 가느냐는 물론

부모, 형제 그리고 운명의 힘도 어느 정도 달려 있지만……

대부분 자기 의지와 꿈에 달려 있습니다.

살다 보면 어디로 가야 할지 갈팡질팡할 때가 있습니다.

길을 잃고 헤맬 때도 있습니다.

그럴 때 사람들은 자기 길을 찾아 온 힘을 기울입니다.

길을 잃었을 때 비로소 새로운 길을 찾아 나서게 됩니다.

잃어 봐야 찾는 법도 알게 됩니다.

모든 것이 다 그렇습니다.

눈을 앞에 달아주신 까닭은
미래를 보라는 뜻이라고 합니다.

두 눈이 앞에 달려 있는 까닭은?

야누스는 뒤에도 눈이 달려 있어 앞뒤를 다 볼 수 있었다고 합니다.

1月이라는 영어 January 가 janus에서 왔다는군요.

뒤돌아보기도 하고, 내다보기도 해야 하는 달이 1月이기 때문입니다.

그런데 유난히도 과거에만 집착하는 사람이 있습니다……

과거에는 이랬는데……

그때는 이랬었는데……

그러나 눈을 앞에 달아주신 까닭은 미래를 보라는 뜻이라고 합니다.

지난 일은 지난 일일뿐……

앞을 내다보며 넘어지지 않도록 가야 합니다.

뒤로 걷다가는 넘어지기 쉽습니다.

소나무나 잣나무가 늘 푸르다는 것은 알고 있었지만
봄, 여름, 가을에는 잘 모릅니다.

날씨가 추워진 뒤에야 소나무와 잣나무의 푸름을 안다

우리는 돈이 풍족할 때는 돈의 소중함을 모릅니다.

돈을 잃었을 때, 그것도 많이 잃었으며 사는 데 급급하게 되었을 때, 돈의 소중함을 깨닫습니다.

친구의 소중함도 그 친구가 내 곁을 떠났을 때 비로소 깨닫게 되고, 공기의 소중함도 산소가 부족한 곳에 갇혔을 때 비로소 깨닫게 됩니다.

잃어 버린 후에야 참다운 의식이 찾아옵니다.

소나무나 잣나무가 늘 푸르다는 것은 알고 있었지만

봄, 여름, 가을에는 잘 모릅니다.

그러다가 모든 나무가 잎을 떨구고, 색깔이 변해 있을 때

아! 그때 비로소 소나무와 잣나무가 늘 푸르다는 사실에 감탄합니다.

부모님의 존재도 행복할 때는 잘 모르다가 불행해졌을 때, 부모님이 돌아가셨을 때 그때 비로소 얼마나 소중한 존재이셨는지 깨닫게 되는 것처럼.

사소한 것도 그것이 사라지고 났을 때 비로소 돋보이며 다가옵니다.

가장 불쌍한 사람

바위처럼 단단해서 좀처럼 슬퍼하지도 않고, 상처 입지도
않는 사람이 있습니다.

가족도 필요 없다.

자기 혼자만 늘 기세등등한 사람.

그러나 그런 사람도 어느 날은 부서지는 날이 옵니다.

그리고 외롭게 무너져 내려야 하는 날이……

가족을 책임지지 않는 사람이 가장 불쌍한 사람입니다.

헤어져도 몹시 섭섭하지 않게 거리를 두어야 한다

좋아한다며 너무나 가까이 있다 보면 헤어지기가 쉽지 않습
니다.
사랑한다며 하나인 듯 행동하는 것도 썩 좋지 않습니다.
늘 적당한 거리를 두고 사랑을 나누고,
우정을 나누는 것이 상처를 덜 받는 방법입니다.
헤어지더라도 아주 섭섭하지는 않게 말입니다.

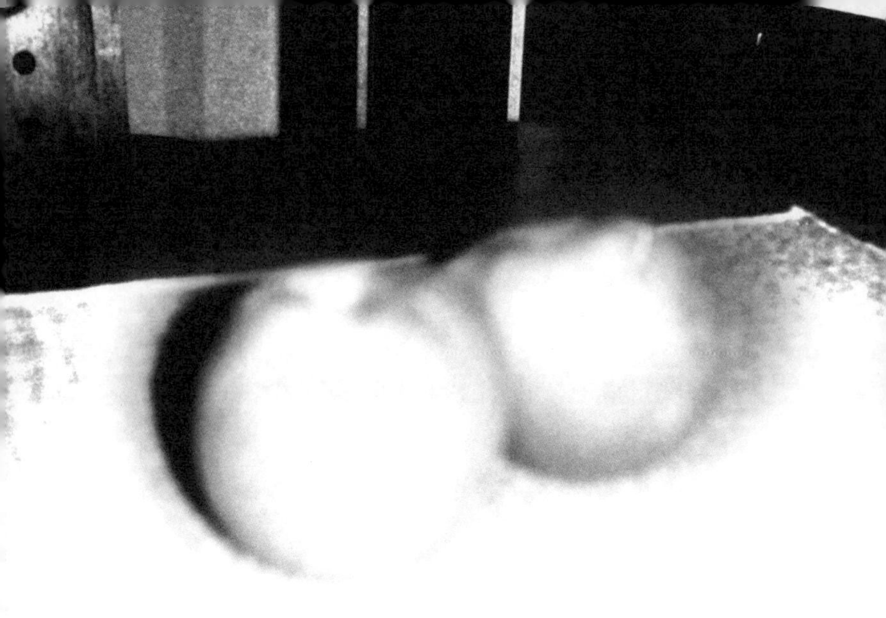

썩은 것이 있으면 빨리 골라내야 합니다.
그렇지 않으면 다른 것까지 차례차례 썩어갑니다.

상한 사과는 빨리 골라내야 한다

한 광주리의 사과가 있습니다.

먹음직한 사과.

하루가 가고 이틀이 가고……

사과 하나가 썩어가고 있었습니다.

딸 때 흠이 생긴 것이었지요.

그것을 골라내지 않으니 다른 것도 함께 썩어갔습니다.

신음소리를 내면서……

썩은 것이 있으면 빨리 골라내야 합니다.

그렇지 않으면 다른 것까지 차례차례 썩어갑니다.

착한 사람들 속에 사악한 사람이 섞여 있을 때

착한 사람들은 마음 상할 경우가 많습니다.

신음소리를 내면서 힘들어 합니다.

사악한 사람은 썩은 사과와 같기에 골라내야 합니다.

빨리 피는 것은 빨리 지고
빨리 얻는 것은 쉽게 잃게 된다는 것을
살다 보면 알게 됩니다.

빨리 피는 꽃이 빨리 시든다

사람들은 빨리 핀 꽃을 보고 반깁니다.
와! 제일 먼저 피었네!
그러나 하루가 가고, 이틀이 지나다 보면
빨리 아름다움을 자랑하던 꽃은 꽃잎을 뚝뚝 눈물처럼 떨어
트리고 있는 것을 보게 됩니다.
그러다가 더디 핀다고 끌끌 혀를 차게 하던 꽃이 화안하게
피어나는 것을 보고
와, 예쁘다.
감탄을 보냅니다.
빨리 피는 것은 빨리 지고
빨리 얻는 것은 쉽게 잃게 된다는 것을
살다 보면 알게 됩니다.
그래서 서두를 까닭이 없습니다.

사람은 자연의 한 부분이다

인간은 사회의 일원이라기보다는 자연의 주민입니다.
흙으로부터 빚어져 자연으로 돌아가야 하는 인간.
자연 속에 안겨 있을 때
아이들이나 노인들이나
평화로움을 느끼게 됩니다.
자연과 멀어질수록
병원과는 가까워짐을 어쩔 수 없습니다.

점(占)과 선(線)

선은 늘 꼿꼿하게 서 있는 자기가 싫었습니다.

친구와도 선은 그냥 마주보고만 있어야 했습니다.

점은 자기가 있으면 글이나 말이 끝나 버림에 안타까웠습니다.

예쁜 아가씨들도 얼굴에 점이 있다며 레이저로 빼 버리곤 했습니다.

어느 날, 선과 점은 만났습니다.

벚꽃이 흐드러지게 피던 날이었지요.

선 밑으로 점이 갔습니다.

와!

사람들은 감탄사를 연발하며 벚꽃 아래로 걸어갔습니다.

아, 너무 예쁘다!

선과 점이 만나 느낌표(!)가 된 그날.

사람들은 가슴에 느낌표를 적으며 행복해 했습니다.

비바람을 맞고 힘들게 꽃을 피우면
그 야생화에서는 그윽한 향기가 납니다.

향기 없는 꽃도 있다

종이 장미는 늘 그 모습 그대로
꽃바구니에 앉아 있었습니다.
처음엔 사람들도
'참 예쁘다! 꼭 생화 같네'
하더니 본체만체
'흥, 저 꽃은 시들지도 않아?'
라고 비웃었습니다.
향기가 없는 꽃.
누군가가 만든 꽃.
그래서 사람들이 본체만체 하는 것입니다.
비바람을 맞고 힘들게 꽃을 피우면
그 야생화에서는 그윽한 향기가 납니다.
사람도 쓴맛, 신맛, 맛본 사람이 향기를 지닐 수 있습니다.
칭찬의 단맛만 즐기지 말고 비판의 쓴맛도
사람에게는 향기를 만드는 재료랍니다.

네 인생이다

어느 어머니는 아들, 딸이 무언가를 요구할 때
다 들어주지 않았습니다.
물론 어릴 때에야 들어주셨겠지만……
어른이 되어서는
'그것은 네 인생의 문제다'
라며 딱 잘라 요구를 들어주지 않았습니다.
자식들은 참 서운했지만 기댈 곳이 없다는 생각으로 열심히
살았습니다.
한편 요구를 다 들어준 엄마의 자식은
물고기가 먹고 싶을 때마다 어머니를 졸랐고
그때마다 어머니는 물고기를 잡아다 자식에게 바쳤습니다.
어느 날, 나이 들어 어머니는 하늘나라로 떠나고
매일 요구만 하던 자식은 어떻게 살아야 할지 몰라 헤매 다
녔습니다.
사람들은 그를 향해 손가락질하며 쯧쯧 혀를 찼습니다.
그러다가 어느 날 그의 모습을 볼 수 없었습니다.
물고기 잡는 법을 가르치는 부모가 현명한 부모입니다.

세 종류의 사람이 살고 있다

덜 된 사람
된 사람
못된 사람

나는 어떤 사람인가?

말은 못해도 실천하는 사람을
우리는 사랑합니다.

말 잘하는 사람

어느 마을에 말을 무척 잘하는 사람이 있었습니다.
말을 어찌나 잘하는지 사람들은 그의 말에 홀리곤 했습니다.
그러나…… 그의 행동은 늘 올곧지 않았습니다.
사람들은 차츰 그의 말에 귀기울이지 않게 되었습니다.
'저 사람 말만 잘하지, 그것을 실천하는 것은 한 번도 못 봤어'
입만 살아 있는 사람.
그런 사람이 주변에 더러 있답니다.
말은 못해도 실천하는 사람을 우리는 사랑합니다.

시샘은 약하다

나보다 잘된 사람을 보면 배가 아프다는 사람이 있답니다.
사촌이 논을 사도 배가 아프고……
봄 아가씨가 찾아와 꽃들이, 싹들이 피어나고, 돋아날 때에도
으레 시샘하는 꽃샘이 있습니다.
그러나…… 어수선한 꽃샘추위도
따스한 햇살 아래서는 맥을 못 추고 녹아 사라집니다.

사촌이 논을 사면 참 잘됐다며 박수를 쳐주면
배도 안 아프고 자기에게도 밭을 사게 되는 기회가 찾아옵
니다.
정말입니다.
원래 시샘은 약한 것입니다.
칭찬은 강한 것입니다.

언젠가는 자기에게 돌아간다

웃어른이 말씀하시면 대들고 보는 젊은이가 있었습니다.
잘 듣지도 않고 그저 웃어른의 말씀에 반발하던 젊은이.
그 젊은이가 나이 들어 늙은 어른이 되었을 때
젊은이들은 그 고약한 어른에게 대들고 가슴에 못을 박았습니다.
비웃고, 대들고……
그 고약한 어른은 그제서야 깨달았습니다.
아! 내가 했던 나쁜 소행이 그대로 내게로 돌아오는구나.
하며 가슴을 쳤습니다.
부메랑처럼.
자기가 쌓은 행동이나 말이 어느 날 내게로 돌아옵니다.

나이를 많이 먹은 사람의 욕심이란······

여행이 끝나가는 데
여행준비를 하는 것과 다르지 않습니다.
나이를 참으로 많이 드신 분들은 나눠주고 가야 합니다.
재산도, 지혜도, 그 무엇도······

나이를 참으로 많이 드신 분들은
나눠주고 가야 합니다.

사랑은 행복으로 들어가는 문의 열쇠다

사람들은 왜 나는 행복하지 못할까?
왜 나만 불행한 것인지……
하고 탄식했습니다.
행복하려면 사랑을 해야 한다는 것을 모르고 있나 봅니다.
사람만 사랑할 수 있는 것은 아닙니다.
노래하는 새, 풀 한 포기, 늘 꼬리를 흔들며 다가오는 강아
지, 예쁜 고양이……

사랑할 수 있는 사람은 행복의 자격증을 가진 것입니다.
열쇠를 가진 것입니다.
행복의 문으로 들어가는 문의 열쇠를……

시간이 부족하다

늘 바쁘다 바빠!

사람들은 어디로 달려가는 줄도 모르면서 하루하루를 달려
갑니다.

때때로 사랑하기도 하지만 미워하기도 하면서……

그러나 사랑하기에도 시간은 부족합니다.

행복해서 웃는 것보다
웃어서 행복해지는 경우가 많다고 합니다.

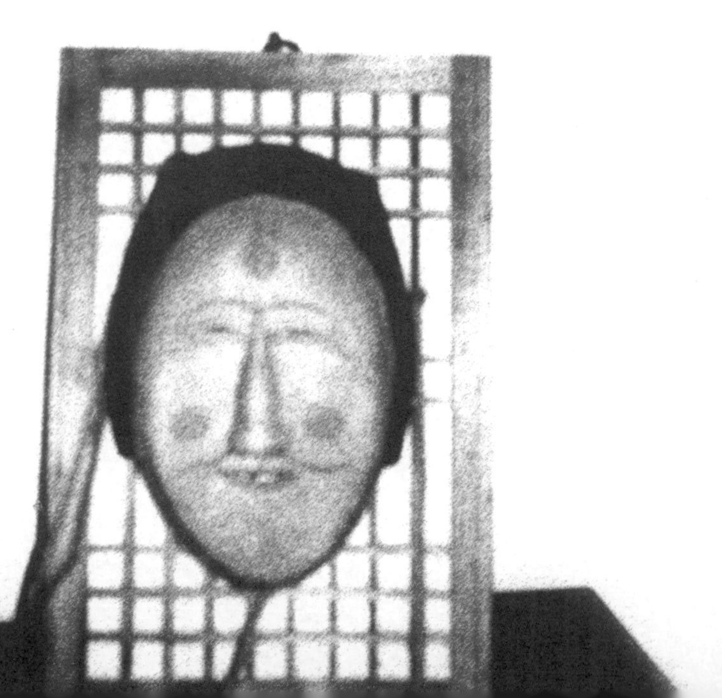

웃음치료

여기저기 아프다는 사람들이 의외로 많습니다.

이리 부딪히고, 저리 부딪히는 것이 삶이라 사람들은

겉으로도 상처를 입고, 속으로도 상처를 입는 것입니다.

그러다가 어느 날 암이 되고, 불치의 병에 걸려 신음하는 경우도 있습니다.

음악치료, 춤치료, 미술치료, 독서치료 등 약이 아닌 예술로 치료하는 방법이 요즘 많아졌습니다.

그 중에 웃음치료라는 것이 있다고 합니다.

하하하!

웃다 보면 균이 죽고, 암세포도 줄어든다는 것입니다.

웃음은 마음의 거미줄을 걷어내는 빗자루 같아서

웃고 나면 행복해지고 거미줄처럼 걸려 있던 불쾌한 기억이 사라집니다.

웃는데 비용이 드는 것도 아니니 자주 웃어야겠습니다.

행복해서 웃는 것보다 웃어서 행복해지는 경우가 많다고 합니다.

첫 단추가 중요하다

어떤 사람이 바쁘다고 옷의 단추를 잘못 끼우고 밖으로 나왔습니다.

사람들이 힐끗거리며 웃었습니다.

그 사람은 왜 웃는지도 모르겠습니다.

아뿔싸!

옷이 서로 어긋나 모양새가 우스꽝스러웠습니다.

'내 참, 첫 단추를 잘못 끼웠다니……'

모든 일이 그렇습니다.

첫 번째 해야 할 일을 대충하면 우스꽝스러워지거나 비참해지거나 그렇게 되는 것입니다.

자꾸 사다 보면 팔아야 하는 날이 온다

마음에 드는 물건이 있으면 사야 직성이 풀리는 사람이 있었습니다.

물건이 자꾸만 쌓여가고 그의 집은 답답해졌습니다.

집도 숨쉬기가 곤란해졌어요.

어느 날부터인가 쇼핑 중독증에 걸린 그 사람은 물건을 내다 팔아야 했습니다.

좁아진 공간도 공간이지만 돈이 부족했기에 내다 팔아 생활비를 마련한 것입니다.

자꾸만 사다 보면 팔아야 하는 날이 옵니다.

꼭 필요한 것만 사고 오래오래 그 물건을 사랑해야 할 것입니다.

내 나라 환경을 위해서도

내 집 환경을 위해서도

내 지갑을 위해서도……

마음을 투명하게 보여주는 사람,
용기 있는 아름다운 사람입니다.

투명용기에 담을 것
— 마음

죽도록 자기 마음을 안 보이려는 사람이 있습니다.

까짓 것, 별 것도 아닌데 투명하게 보여도 되련만 꼭꼭 감추

고 안 보여주는 마음,

그 마음에 산소가 부족하여 곪아갑니다.

마음을 투명하게 보여주는 사람,

용기 있는 아름다운 사람입니다.

행복이라는 이름의 조각보

옷을 만들다가 남는 천 조각을 모아 이불을 만들었습니다.

색깔도 고운 조각이불이 되었습니다.

버리는 천을 모아 만든 것이기에 더 사랑스러운 이불이 된 거예요.

행복이라는 것은 하나로 된 큰 기쁨이 아니라 작은 기쁨들이 모여 조각보처럼 만들어지는 것이라는 사실을 사람들은 가끔 잊고 삽니다.

크고 또 넓은 기쁨은 행복을 만들 수는 없답니다.

큰 부자가 꼭 행복하라는 법도 없고, 지식이 많은 사람이 더 행복하다는 법도 없으니까요.

지나치게 영리한 사람보다 어리석은 사람이 낫다

어쩌나 영리한지 그를 사람들은 영악하다고 얘기합니다.

한 치의 손해도 안 보겠다는 사람.

처음엔 그의 그 영리함에 혀를 내두르며 감탄합니다.

그러나 자기 꾀의 덫에 걸려 넘어지는 때가 자주 생깁니다.

'이쪽으로 가면 차가 안 밀려'

라며 차선을 바꾸고 과속으로 달려갔지만 그 도로는 온통 차가 뒤엉켜 나아갈 수도 뒤돌아갈 수도 없이 정체되었고……

자기 돈은 한 푼도 안 내면서 사람들을 사귀니 좋은 사람들도 하나, 둘 그의 곁을 떠났습니다.

어리석다고 생각했지만 선량하고, 남을 도울 줄 알았던 사람은 이 사람 저 사람이 은혜를 갚는다며 찾아와 그 어리석은 사람 집에는 웃음이 끊이지 않았습니다.

철학, 수학을 진정 잘 하는 사람은 남에게 많이 베풀 줄 아는 사람입니다.

그런 사람에게는 하나님도, 사람들도 상을 주려 합니다.

지나치게 영리한 사람은 머리로 계산만 하다가 몸져눕고 비탄의 눈물만 흘리게 되었습니다.

가슴으로 사는 사람이 머리로만 사는 사람보다 분명 낫습니다.

백조와 까마귀

백조는 늘 호숫가에 우아하게 떠 있습니다.

참 그 모습이 평화롭고 한가해 보입니다.

까마귀는 사람들이 흉한 새라며 싫어하니까 항상 심통이 나 있습니다.

'깍깍깍. 외국에서는 나를 길조라 하며 좋아한다는데 왜 한국에서는 우리를 싫어하는 거야? 깍깍깍.'

나무 위에서 투덜거리고 있는데 저쪽 호수에 하얀 백조가 우아하게 헤엄치고 있는 모습이 보였습니다.

'나도 저렇게 호수에서 헤엄칠 수 있을까?'

까마귀는 백조에게 소리쳐 물었습니다.

'얘, 백조야. 너처럼 우아하려면 어떻게 해야 하지?'

백조는 힐끗 보더니 이렇게 소리쳤습니다.

'내가 얼마나 노력하고 있는지 물 속을 잘 들여다봐라. 내 다리는 계속 헤엄치느라 쉴 틈이 없단다. 너도 한 번 해 보겠니?'

까마귀는

'아, 그렇구나. 눈에 보이는 것이 다가 아니구나. 나는 백조가 그냥 떠 있는 줄 알았지 뭐야? 에이! 나는 그냥 나무 위에서, 창공에서 까마귀로 살아야겠다.'

쉬운 것이란 없습니다.

나름대로 다 어렵게 노력하며 사는 것이고 보이는 것이 다
가 아니랍니다.

내가 얼마나 노력하고 있는지
물 속을 잘 들여다봐라.
내 다리는 계속 헤엄치느라 쉴 틈이 없단다.

수선화(水仙花)는 강하다

아름다운 소년이 호숫가에서 자기 얼굴에 반해 호수에 빠져
죽은 다음 피어났다는 수선화.
그 수선화는 진정 자기를 사랑하는 꽃입니다.
겨우내 언 땅에서도 죽지 않고 살았다가
3月이 오면서 그 파란 줄기를 쑥쑥 밀고 나오다가 어느 날
노란 꽃을 피우는 수선화.
사람들은 죽었다가 다시 살아 피는 꽃이라 노래하며 수선화
를 사랑합니다.

우리의 몸이 꽁꽁 언 세상의 땅에서 얼어 죽었다 해도
다시 수선화처럼 꽃을 피워낼 수 있다면 그 향기는 얼마나
그윽할까요?

종이 한 장과 나무 한 그루

돈보다 종이를 아껴 쓰는 시인이 있었습니다.
편지가 오면 뒷장에 글을 쓰고 광고 전단지도 모았다가 글
을 쓰는 그 시인은
종이 한 장 만드는데 나무 한 그루가 필요하다면서
그 무엇보다 종이를 아껴 썼습니다.

길을 잃었을 때 비로소 새로운 길을 찾아 나서게 됩니다.
잃어 봐야 찾는 법도 알게 됩니다.

길을 잃어야 길을 찾는다

삶에는 여러 갈래의 길이 있습니다.
어떤 길로 가느냐는 물론
부모, 형제 그리고 운명의 힘도 어느 정도 달려 있지만……
대부분 자기 의지와 꿈에 달려 있습니다.
살다 보면 어디로 가야 할지 갈팡질팡할 때가 있습니다.
길을 잃고 헤맬 때도 있습니다.
그럴 때 사람들은 자기 길을 찾아 온 힘을 기울입니다.
길을 잃었을 때 비로소 새로운 길을 찾아 나서게 됩니다.
잃어 봐야 찾는 법도 알게 됩니다.
모든 것이 다 그렇습니다.

괜찮다, 괜찮다

언제나 괜찮다고 말하는 사람.
장미도 감사하고, 장미 가시도 괜찮다는 사람.
그는 과연
장미 가시에 찔려도 '괜찮아' 라고 말할 수 있을까요?

늑대 소년

양치는 소년은 심심할 때

'늑대가 나타났다! 늑대가 나타났다!' 며

마을 사람들에게 외치며 알려 왔습니다.

처음 몇 번은 소년의 말에 놀라 뛰어왔지만 이제는 소년의

말을 아무도 믿지 않게 되었습니다.

어느 날, 정말 무서운 늑대가 나타났고 소년은 혼비백산 늑

대가 나타났다며 마을로 뛰어왔지만……

이제는 소년의 거짓말에 들은 척, 만 척했습니다.

이런 우화가 있지만…… 그래도 사람들은 지금도 어디에선

가 거짓말을 하면서 자기 스스로를 추락시키고 있으니 참 안

타까운 일입니다.

거짓말은 마이너스 통장과 같아서 하나의 거짓말은 또 하나

의 거짓말을 꺼내 써야 하고 또 하나의 거짓말을 빌려와야 합

니다.

나를 파산에 이르게도 하는 말의 마이너스 통장.

어서 없애야겠습니다.

개미와 베짱이

52

개미처럼 늘 일만 하다가 죽는 사람과
베짱이처럼 늘 노래만 하다가 죽는 사람이 있습니다.
때때로 개미처럼 그리고
때때로 베짱이처럼
그렇게 사는 사람이 후회 없이 사는 사람일까요?
그럴까요?

아름다운 사람들

거리에 뒹구는 휴지를 줍는 사람은 아름답습니다.

자기도 빠듯하게 근근이 살면서 어려운 사람을 돕는 사람은 아름답습니다.

언제나 듣기 좋은 말만하는 사람도 아름답습니다.

남의 결점보다 장점을 얘기하는 사람도 아름답습니다.

가장 아름다운 것은 떠나야 할 때를 알고 가는 이의 뒷모습이라고 지는 꽃(落花)을 노래한 시인도 있었습니다.

한 아름의 기쁨을 선사하는 아름다움.

아름다운 사람이라는 평을 듣는다면 성공한 사람입니다.

좋은 습관을 가진 사람은 성공의 문을 여는
열쇠를 가진 것과 같습니다.

습관

습관이 무섭습니다.

제2의 천성이라는 습관은 고치기도 꽤 어렵습니다.

좋은 습관을 가진 사람은 성공의 문을 여는 열쇠를 가진 것과 같습니다.

어른을 만나면 언제나 밝게 웃으며 고개를 깊이 숙여 인사하는 아이가 마을에 있었습니다.

어른들은 이렇게 말했습니다.

'그 녀석 참 될성부른 나무란 말야'

어른을 만나도 인사는커녕 입을 삐죽이며 지나치는 아이가 있었습니다.

사람들은 그 아이를 보면 혀를 찼습니다.

'쯧쯧, 저 녀석은 무엇이 되려고 저러나. 참 고얀 녀석이야'

훗날 어른이 되어 두 사람은 고향마을에 찾아왔습니다.

될성부른 나무라던 아이는 성실하고, 반듯한 어른이 되었고,

늘 혀를 차게 하던 아이는 술 냄새 풍기며 비틀거리는 모습으로 나타났습니다.

될성부른 나무는 떡잎부터 알아본다는 말은 21세기에도 변치 않습니다.

따로 따로 행복하게

사랑해서 결혼하고, 아기를 낳고 살다가 사랑이 식어 버리고 싸움만 하던 엄마, 아빠가 헤어지고 말았습니다.

아이는 엄마와 살았고 아빠가 보고 싶으면 더러더러 만났습니다.

아이는 가끔 엄마, 아빠가 함께 살았으면 좋겠다고 생각했지만 자기 때문에 싸우는 듯해서 잠 못 들고 흐느끼던 날들보다 이렇게 따로 따로 사는 것이 더 행복하다고 생각합니다.

싸우지 않고 오순도순 사는 부모도 있지만 서로 맞지 않아 으르렁거리며 사는 부모도 있기에 아이들은 상처받는 것입니다.

함께 살며 미워하기보다 따로 떨어져 살며 친구처럼 사는 것도 한 방법이라고

아이는 고개를 끄덕입니다.

세 가지의 내가 있다니

내가 아는 나.
남이 아는 나.
나도 남도 모르는 나.

어떤 이는 나를 백합이라 하고,
나도 나를 모르고,
남도 모르는 내가 있고,
남은 나를 연꽃이라 하니……
도대체 나는 누구란 말인가?

씨앗은 거꾸로 묻혀도 바르게 돋는다

씨앗은 흙에 거꾸로 묻혀도 새싹은 바르게 올라옵니다.

우리 사람의 꿈도 바르게 심어도 올바르게 뻗어나가지 못하는 경우가 있습니다.

노력 부족이라고 말들 하지만……

운명의 힘도 바람으로 작용하지 않았을까요?

씨앗은 흙에 거꾸로 묻혀도 새싹은
바르게 올라옵니다.

혼자 노는 사람

혼자도 잘 놀 줄 아는 아이가 머리가 좋다고들 했습니다.

그러나 요즘은 누에고치 속에 들어가 컴퓨터하고만 소통하는 사람을 코쿤족이라고 하며 그들은 위험하다고들 합니다.

친구와 잘 지내며 사회적 지능도 높아야 이 세상을 잘 살아내고 있다고 말들 합니다.

혼자 다니는 사람을 이상하다고 보는 사람이 사실 더 이상합니다.

혼자를 즐기는 사람도 많으니까요.

편견 없는 사회가 건강한 사회일 것입니다.

콩 심은 데 콩 나고, 팥 심은 데 팥 난다

많은 속담들이 시대에 따라 사라지고 있습니다.

그 중 '십 년이면 강산이 변한다' 라는 속담은 결코 이 시대에 맞지 않는 말입니다.

며칠 만에도 강산은 변하고 있으니까요.

뒤돌아보는 사이에도 달라지고 있으니까요.

그런데 지금도 변치 않는 속담이 있습니다.

콩 심은 데 콩 나고, 팥 심은 데 팥 난다.

어쩌면 이 속담도 멀지 않은 날 사라질 수도 있습니다.

콩을 심었는데 팥이 날 수도 있을 만큼 과학이 발달하고 있으니까요.

아직은…… 아닙니다.

찬사를 받기만 하는 꽃도 때로는
의자에 앉아 쉬고 싶을 겁니다.

가던 길을 더 가지 못하고 걸음을 머뭇거리게 한다

꽃들이 지천으로 피어나는 봄날에는 사람들이 빠르게 걷지 못합니다.

이 꽃도 예쁘고, 이 향기도 가슴 벅차고……

그 중에도 철쭉은 옛날부터 척촉이라 하여 사람의 몸과 마음을 사로잡아 가던 길을 더 가지 못하고 걸음을 머뭇거리게 합니다.

철쭉이 온 山에 가득 피던 날.

사람들은 모두 천사처럼 아름다웠습니다.

꽃이란 그런 것입니다.

찬사를 받기만 하는 꽃도 때로는 의자에 앉아 쉬고 싶을 겁니다.

세상 사람들의 존경을, 인기를 한몸에 받는 사람도 때로는 쉬고 싶듯이……

한 번도 혼나지 않았다는 사람

이 세상을 살다 보면 어느 땐
차도 무섭고, 공해도 무섭고, 사람도 무서울 때가 있습니다.
남을 배려하지 않는 사람.
남을 해치면서 돈을 버는 사람.
그 중에서 어린아이들을 사랑하지 않는 사람이 참 무섭습
니다.
돈벌이만 급급해서 몸에 해로운 음식을 만들어 파는 사람.
그리고 거짓말만 늘어놓는 사람도 무섭습니다.
그러나…… 어떤 어른은 이렇게 얘기합니다.
 '이 세상에서 제일로 무서운 사람은 한 번도 혼나지 않았다
는 사람이란다'
어떻게 혼나지 않고 자랄 수 있었는지 또 어른이 되어 어떻
게 직장생활을 하면서 혼나지 않을 수 있었는지?
그것은 다름 아닌 '벌집 같은 사람' 이었기 때문이었습니다.
벌집을 건드리면 벌들이 마구 쏘아대니까 사람들은 그 사람
에게 아무런 나무람이나 충고도 하지 않는 것입니다.
한 번도 혼나지 않았다는 것이 자랑은 결코 아닙니다.

벌집 같은 사람과 종(鐘) 같은 사람

저 사람은 벌집 같아.

아무 소리도 하지 말아 그냥 피해야 해.

사람들은 벌집 같이 조금만 자극을 줘도 톡톡 쏘는 어떤 여자를 피해 다녔습니다.

저 사람은 종과 같아.

칠수록 예쁘고, 맑은 소리가 나거든.

그 여자는 누가 어떤 소리를 해도

아, 그래요. 미안합니다. 잘해 보겠습니다. 사랑합니다.

아무리 호되게 나무람을 들어도

죄송합니다. 호호호. 다음에는 더 잘할 게요.

맑은 목소리가 종소리처럼 울려 퍼지곤 했습니다.

나는 벌집 같은 사람일까?

아니면 종 같은 사람일까?

한 번쯤 생각해 보세요.

아낌없이 주는 나무는 어머니와 닮았습니다.

아낌없이 주는 나무

시원한 그늘을 주고, 달디단 열매를 주고, 나무둥지를 주고,
그루터기를 내어주어 쉬게 하고……
나무는 흡사 神처럼 우리에게 주기만 합니다.
그 나무를 닮은 사람이 있습니다.
바로 어머니입니다.
모든 것을 다 내어주고 그러고도 부족해 돌아보는 어머니.
아낌없이 주는 나무는 어머니와 닮았습니다.

지금 이 순간

우리는 자꾸만 미룰 때가 많습니다.
내일 해야지.
모레 가야지.
글피에 만나야지.
그러나…… 지금 이 순간이 선물입니다.
그 선물을 놓치고 언제 올런지도 모를……
선물을 기다리는 것은 지혜롭지 않습니다.
지금이라는 선물을 공손하게, 기쁜 마음으로, 온몸으로 받
아 보세요.

친구에게 베푼 것은 잊어야 한다

친구가 어려울 때
도움을 줄 수 있음에도 돕지 않는 것은 옳지 않습니다.
그리고 도와주었다 해도 두고두고 기억하며 내세우는 것은
결코 아름답지 않습니다.
내가 갚아야 할 것은 잊지 말아야 하지만
내가 그에게 베푼 것은 잊어 버려야 합니다.
그렇지 않으면 우정이 깨질 수도 있습니다.

지금도 그 엄마는 애처로운 마음으로
딸을 기다리고 있답니다.
엄마의 마음은 그럴습니다.

엄마의 사진

어떤 엄마의 이야기가 가슴을 울립니다.

그 엄마의 딸은 사춘기에 집을 나가 창녀가 되었다고 합니다.

창녀촌에 있다는 풍문을 듣고 그 엄마는 딸의 사진을 벽에다 붙일 수는 차마 없었습니다.

그 엄마는 딸 사진 대신 자기 사진을 창녀촌 곳곳에 붙이고 다녔습니다.

딸은 자기를 알아볼 것이고, 엄마에게 연락을 해 오리라 생각했기 때문입니다.

어느 날부터 그 창녀촌에는 그 엄마의 사진이 곳곳에 걸렸습니다.

지금도 그 엄마는 애처로운 마음으로 딸을 기다리고 있답니다.

엄마의 마음은 그렇습니다.

그 어떤 엄마나 다 그렇습니다.

선물

사람들은 모두 선물받기를 좋아합니다.
'선물이야'
하면 금세 입가에 미소가 번집니다.
그런데 가장 소중한 선물은 모르고 있습니다.
현재라는 선물.
과거도 아니고 미래도 아닌 지금.
지금이 가장 소중한 선물입니다.

하나의 거짓말은 또 하나의 거짓말을 낳는다

툭하면 거짓말.

소녀는 온통 거짓말로 화장한 아이였습니다.

사람들은 아예 그 소녀의 말은 믿지 않았습니다.

소녀는 '이제 참말만 해야지' 결심하고 사람들에게 노인회관에 불이 났다고 소리쳤지만……

논에 있던 동네 사람들은 '저 아인 또 거짓말이야' 들은 체도 안 했습니다.

노인회관에는 그 소녀의 할머니도 계셨는데 그만 불에 타 숨지고 말았습니다.

거짓말은 자기를 불행하게 하는 부메랑입니다.

지긋지긋한 사람

언제나 아니 가끔 비가 내리거나, 꽃이 피거나, 눈이 내릴 때
그리운 사람이 있습니다.

그 사람이 곁에 있으면 금세 잃었던 희망을 되찾을 수 있고
지친 마음 달랠 수 있을 것 같은 그런 사람.

그런가 하면 생각만 해도 머리가 흔들리는 그런 사람이 있
습니다.

'에이, 그 사람'

생각만 해도 지긋지긋해.

늘 괴롭게 한 사람.

설령 한때 사랑했던 사람이라도 나를 힘들게 한 사람은 생
각만 해도 지긋지긋할 것입니다.

우리는 어떤 사람으로 살아가고 있는지……

언제나 아니 가끔 비가 내리거나,
꽃이 피거나,
눈이 내릴 때 그리운 사람이 있습니다.

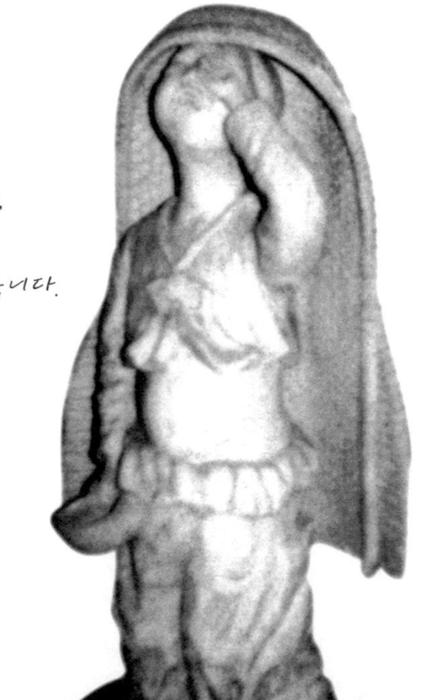

내 슬픔을 대신 등에 지고 간다
— 친구

인디언들은 친구란 내 슬픔을 대신 지고 가는 사람이라고 합니다.

자기 슬픔을 지고 가기도 힘든데 친구는 내 슬픔도 대신 지고 갑니다.

그런 친구가 없는 사람은 아무리 돈이 많아도 행복할 수 없습니다.

그런 친구를 얻는 길은 바로 내가 먼저 그런 친구가 되어주는 것입니다.

그 길밖에는…… 없습니다.

큰 보자기 같은 사람

늘 다른 사람의 허물을 감싸는 사람이 있습니다.

큰 보자기에 다른 사람이 버리고 간 쓰레기를 주워 담는 사람이 있습니다.

나이는 어려도 어머니 같은 너그러움을 보여주는 사람이 있습니다.

큰 보자기에 남의 허물을 주섬주섬 담아 오므리는 사람이 참 아름답습니다.

상처 많은 사람들은 가슴에 등불을 켜고
그분께 갈 때 행복함을 느낍니다.
온전한 행복을.

가슴에 등불을 켜고 그분께로 간다

사람이라면 그 누구나 상처가 있습니다.

마음의 상처이기에 언뜻 보면 알아차리지 못하는 트라우마. 정신적 외상(外傷)입니다.

아무리 명예가 높고, 경제적으로 유복하여도 사람 가슴 속 깊은 곳에는 상처 자국이 있습니다. 그래서 외로워하며 사람에게 더 다가가지만 사람에게서 또 상처받기 쉽습니다.

상처를 스스로 감싸며, 감추며 살다가 어느 날.

우리는 가슴에 등불 하나가 켜짐을 느끼게 됩니다.

종교를 갖게 되는 것입니다.

기독교든, 카톨릭, 불교든 종교에 귀의할 때 가슴에 등불 하나가 환하게 켜지게 됩니다.

그리고 그 등불을 밝히고 우리는 그분 창조주께 나아갑니다.

우리 허물을 모두 덮어주신 그분께 나아가면서 상처를 치유합니다.

상처도 또 하나의 변장해서 오는 은총임을 알게 됩니다.

상처 많은 사람들은 가슴에 등불을 켜고 그분께 갈 때 행복함을 느낍니다.

온전한 행복을.

단점만 보는 눈, 장점을 보는 눈

눈에는 두 종류가 있습니다.

좋은 눈, 나쁜 눈.

물론 시력으로 따져서 그렇게 부릅니다.

그런데 그 사람 성격으로는 단점을 보는 눈과 장점만 찾아내는 눈이 있습니다.

사람을 어찌 좋은 사람, 나쁜 사람으로만 나눌 수 있을까요?

장점도 있고, 단점도 있는 것이 사람인데……

그런 사실을 알고 있는 눈이 아름답습니다.

단점만 보는 눈은 무섭습니다.

내 단점을 보고 있으니까요.

반쪽이와 반쪽이가 만났을 때

어느 날.

반쪽이는 몹시 외롭다고 생각하며 친구를 찾아나섰습니다.

아! 내 친구는 어디 있을까?

나를 외롭지 않게 채워줄 친구가 어디 있을까?

길을 가다가 너무 지쳐서 민들레가 핀 길가에 쉬고 있던 반쪽이는 어디선가 다가오는 또 다른 반쪽이를 만났습니다.

너무나 반가웠습니다.

'얘. 너 어디 갔었니? 나는 네가 없어서 어찌나 외롭고 힘들었는지 모른단다. 바로 네가 나의 반쪽인데……'

반쪽이와 반쪽이는 바로 손을 잡고 둥근 원이 되었습니다.

원이 되자 바람이 그들을 굴렸습니다.

자꾸만 굴러가며 반쪽이와 반쪽이는 깔깔 웃었습니다.

그러나 그렇게 굴러가다가 돌덩이에 부딪히고 원은 깨졌습니다.

반쪽이들은 이제 반쪽도 아닌 세모, 네모가 되었습니다.

'그렇구나. 너무 딱 맞는 존재도 그리 좋은 것은 아니구나. 조금 안 맞는 존재가 더 아름다울 수 있겠구나'

이제는 세모가, 네모가 되어 버린 반쪽이와 반쪽이는 옛날을 그리워하고 있었답니다.

그리워할 때가 더 행복했다면서……

세월은 벤치에서 우리를 기다려 주지 않는다

늘

내일 해야지!

내일 할게요.

다음에 해야지!

하는 어린이가 있었습니다.

그 아이는 제대로 하는 일이 없었습니다.

무슨 일을 했다가도 다음에 하지 뭐……

게으르기 짝이 없었습니다.

세월은 쉼 없이 흘렀고 그 아이도 어느 새 나이 사십의 어른이 되었지만 그이는 아무것도 이루어 놓은 것이 없었습니다.

그이는 가슴을 치며 후회했지만……

세월은 그 누구에게나 공평합니다.

그이는 다시 젊어질 수도 없고 새로운 일을 하기에도 늦었지만 그래도 놓쳐 버린 세월의 기차는 잊고 다가올 세월의 기차는 꼭 올라 타리라.

꿈으로 가는 기차를 꼭 타리라 결심했습니다.

세월은 그 누구에게나 공평합니다.

꽃샘추위 없이 봄은 오지 않는다

봄은 마술사 같습니다.

죽은 듯 서 있던 나무에게 새순을 주고 아름다운 꽃이 피게 하고, 사람들 마음도 흔들어 놓습니다.

얼었던 강도 풀리고, 새들도 청아한 목소리로 노래합니다.

그런 봄도 으레 꽃샘추위를 겪고 나서야 만날 수 있습니다.

아무리 좋은 것도 치러야 할 고통을 치루고 난 다음 얻을 수 있습니다.

늘 달디단 맛만 보면 단맛을 잃어 버립니다.

늘 봄만 계속된다면 사람들은 보기만 하고, 놀기만 할런지도 모릅니다.

꽃샘추위가 지난 뒤에야 비로소 봄은 물감처럼 우리 마음에, 마음에 번져갑니다.

누구나 스승이다

침묵만 지키고 있는 바위도
우아하게 헤엄만 치는 백조도
씨 뿌리는 농부도
쓰레기 치우는 청소부도
그 누구도 내게는 스승입니다.
늘 술에 취해 다니는 사람도
자식을 낳아만 놓고 버린 사람도
교도소에 갇혀 있는 사람도 스승입니다.
나는 저렇게 되지 말아야지!
가르치는 스승.
모두를 스승으로 삼으면 그는 철학적이 됩니다.
혼자 깊어집니다.
나는 누구에겐가 저렇게 나이 먹어가야지!
하는 스승이 되어야겠습니다.

피아노가 있어도 모두 피아니스트가 아니듯이
부모 자격 있는 사람만이 부모라고 할 수 있을 것입니다.

피아노가 있다고 다 피아니스트가 아니듯이
자식이 있다고 다 부모는 아닙니다

　제대로 교육하지 않고 이기적인 부모는 자식 양육을 포기하
기도 합니다.
　어떤 경우에도 자식을 포기할 수는 없습니다.
　그러함에도 포기하고는 잘 자라고 난 뒤 나는 네 부모다.
　나서는 사람들은 참으로 몰염치한 사람입니다.
　피아노가 있어도 모두 피아니스트가 아니듯이 부모 자격 있
는 사람만이 부모라고 할 수 있을 것입니다.

넓이와 높이

넓이를 소망하려면 사슴이 되고, 높이를 소망하려면 새가
되라 했던가요?
넓기만 하고, 높지는 않다면 그것도 묘하고
높기만 하고, 넓지 않다면 그것도 불안하고……

넓이를 소망하려면 사슴이 되고, 높이를 소망하려면 새가

쓰레기

쓰레기를 버리는 손은 많습니다.

승용차를 몰고 가다가 보면 차창을 내리고 쓰레기를 거리에 버리는 몰염치한, 교양 없는 사람들이 있습니다.

놀러 갔다가도 쓰레기를 한 아름씩 버리고 오는 사람도 있지요.

내 집안만 깨끗하면 되고 내 차만 깨끗하면 된다는 생각인가 봅니다.

쓰레기 버리는 마음은 자기 고운 마음을 버리는 것이고,

쓰레기 줍는 손은 고운 마음을 줍는 것입니다.

쓰레기는 넘치고……

우리 마음에도 쓰레기가 없나 살펴보는 사람은 꽃보다 아름다운 사람입니다.

아이들도 칭찬이 보약이지만
때로는 벌도 세워야 반성합니다.

벌서는 봄이

소라라는 젊은 작곡가가 키우는 강아지의 이름은 '봄' 입니다.

호기심도 많고, 예쁘고, 총명하여 동네사람들의 사랑을 듬뿍 받는 봄이!

봄이가 이곳 저곳 헤치고 다녀 벌을 서고 있습니다.

다리 들고 서 있으라는 소라의 명령에 다리를 들고 20분 정도 서 있습니다.

아이들도 칭찬이 보약이지만

때로는 벌도 세워야 반성합니다.

버릇없는 강아지나 버릇없는 아이나

절도 없는 사랑에서 길러지는 것입니다.

사랑하기에 버릇을 잘 길들여야 합니다.

고양이 엄마

고양이 한 마리가 유치원 뜰에 와서 햇살을 쪼이며 눈을 가느스름하게 뜨고 있는 모습이 참 사랑스러웠습니다.

어느 날인가는 새끼 고양이가 엄마 곁에 앉아 아이들을 웃으며 바라보고 있었습니다.

어찌나 귀여운지!

선생님들은 사진을 찍어대며 감탄하셨답니다.

'아유! 너무 예쁘다'

그러고는 어느 날 엄마 고양이는 아기 고양이를 데리고 어디론가 떠나고 유치원 뜰은 쓸쓸해졌습니다.

며칠 후, 검은 고양이 한 마리가 나타났습니다.

그 고양이는 배가 고픈지 자꾸만 울어댔어요.

'야옹, 야옹'

쓰레기통도 뒤지고…… 참 불쌍해 보였지요.

그런데 어떤 착하고 예쁜 아주머니가 생선 머리나 고양이가 좋아하는 먹이를 접시에 담아 가져다 놓곤 했습니다.

그 고양이는 집에서 강아지와 함께 키웠는데 자주 싸우다가 집을 나갔다는 것이었습니다.

그래도 자기가 살던 집 가까이를 떠나지 않고 있어 가슴이 뭉클하다면서 그 아주머니는 자식 같던 고양이가 안쓰럽다며 눈물지었습니다.

그 고양이는 어디론가 잡혀 갔는지 이제는 보이지 않았고, 그
고양이가 먹던 음식은 흰 접시에 남아 말라가고 있었습니다.

고양이나 강아지를 너무나 사랑하는 아주머니.

그 아주머니를 아이들은 고양이 엄마라고 불렀습니다.

그 고양이는 다시 아주머니를 만날 수 없을지라도 그 아주
머니 가슴에 살아 있을 것입니다.

앙증맞고, 귀여운 모습으로.

사랑했던 것은 오래오래 가슴에 남아 있기 마련이랍니다.

연꽃은 연꽃이고, 도라지 꽃은 도라지 꽃이고

어떤 사람은 가수에, 연기자에, 화가에……

여간 재주가 많아서는 어림도 없는 팔방미인.

주변에는 뜻밖에 그런 사람들이 많습니다.

이것도 해야 하고, 저곳에도 얼굴을 내밀어야 하고 그저 자기 얼굴이나 이름 알리는 것이 삶의 목표라는 듯 그렇게 열심히 왔다, 갔다 합니다.

그런데 그런 사람에게서는 향기가 나지 않습니다.

한길로만 가서는 살 수 없다는 요즘 세상이니까 어쩔 수는 없겠지만 그래도 가짜 같다는 생각도 듭니다.

예전에는 한 우물을 파라! 고 했다던데 지금은 멀티잡 시대라서 세 개의 우물은 파야 한다니요?

어떤 할머니는 나이 육십이 되어서도 샘이 많아 남이 하는 것은 다 하려 했답니다.

그림도 그리고, 춤도 배우고, 뒤늦게 대학에도 가고……

그런데 요한의 눈에는 자기 할머니만큼 향기가 나지도 않았고, 자기 할머니만큼 아름답게 보이지도 않았습니다.

좀 우스꽝스러워 보였습니다. 욕심 많은 할머니.

요한의 할머니는 시골에다가 작은 미술관을 열고 찾아오는 사람들과 차도 마시고 그림 얘기, 영화 얘기도 하면서 가끔 시골 고등학교에 가서서 독서지도도 하시며 60대를 보내고 계셨습니다. 돈 없는 대학생에게 등록금도 대주시면서……

요한이 눈에는 할머니가 참 멋있게 보였습니다.

할머니가 좋아하시는 연꽃을 닮으셨습니다.

연꽃은 연꽃으로만 있어야지 장미가 되었다가, 나리꽃이 되었다가, 마가렛이었다가 그러다가 끝내 무슨 꽃으로 남을까요?

호박꽃은 그대로 아름답고, 도라지꽃은 그대로 아름답지 않나요?

직업도 너무 바꾸다 보면 어떻게 될까?

요한이는 궁금했습니다.

물론 이것도 해 보고, 저것도 해 보는 것도 하나의 길이겠지만…… 그래도 하나의 꽃으로 있는 것이 더 향기롭지 않을까 생각해 보는 요한이.

요한이는 어떤 할아버지가 될런지……

시골집

사람들은 도시에서 지친 사람들은 전원에 집을 짓고 공기 좋은 곳에서 새소리 들어가며 평화롭게 살기를 원합니다.

그러나…… 가끔 찾아주는 주인을 기다리는 시골집은 외롭기만 합니다.

집이나 사람이나 기다림은 외로움을 동반하고 너무 오래 기다리다 보면 서서히 낡아갑니다.

친구나 부모나 집이나 자주자주 찾아보는 사람이 참된 사람이리라 믿어집니다.

집이나 사람이나 기다림은
외로움을 동반하고 너무 오래 기다리다 보면
서서히 낡아갑니다.

엄마의 소원은 꼭 빨리 들어 드려야 합니다

어느 날, 대학에서 교육학을 강의하시는 분이 시인 친구에게 이렇게 얘기하셨답니다.

엄마의 소원은 빨리, 꼭 들어 드려야겠더라고……

그 교수님은 항상 공부하시며 아이들을 가르치며 찢어진 양말도 꿰매며 사시는 훌륭한 분이셨대요.

한국춤도 배우시고, 문인화도 배우시고, 일어도 배우시고……

그분은 학생을 가르치는 교수이자 만년 학생이었습니다.

그런데 그런 분의 말씀이니 늘 마음이 여리고 할 일을 미루시는 시인 친구는 솔깃할 수밖에요.

'왜요?

하고 친구가 묻자 그 교수님은 이런 얘기를 들려주셨습니다.

단독주택에 잔디를 가꾸며 사는 것을 자랑으로 여기며 살던 어느 날, 혼자 7남매를 길러내신 친정어머님께서 그 잔디밭에 호박이며, 오이, 배추를 심자고 하시더라는 겁니다.

'아니. 어머니. 이 예쁜 잔디를 뽑고 오이를 심어요? 호박을 심어요? 배추를 심어요?

그 교수님은 당치도 않다면서 펄쩍 뛰셨고 그분의 어머니는 머쓱해지셔서 하늘만 쳐다보셨답니다.

그리고 얼마 후, 그 교수님 어머니는 심근경색으로 쓰러지고 2년이나 누워 계시며 말씀도 못하시고 눈만 꿈벅꿈벅 하신다는 얘기였어요.

마음이 여리고 눈물 많은 시인은 그만 눈물이 쏟아져 말을 할 수가 없었습니다.

그 잔디가 뭐라고 엄마의 말씀을 코웃음치며 안 들었던 죄.

그 교수와 시인 친구는 그냥 울고 있었답니다.

엄마 말을 안 들었던 사람.

그래서 돌아가시거나 병상에 계실 때 후회하는 사람이 그분 뿐이겠습니까?

딸이라는 이름을 가진 모든 사람들이 거의 그렇겠지요.

어머니가 언제까지나 내 곁에서 모든 얘기, 모든 투정 다 들어주시고 건강하시게 사실 줄 알았던 모든 딸들.

그 교수님이나 시인이나 엄마! 라는 단어만 들어도 눈물이 난다고 합니다.

세상의 딸들이여.

엄마의 소원은 그것이 무엇이든 빨리, 꼭 들어 드려야 합니다.

우리 스스로가 게으르지 않게,
규칙적인 생활을 할 수 있게 노력해야 합니다.

시간의 요리사

요리는 과학입니다. 예술입니다.

요리학원에 가면 배울 수 있습니다.

그러나 시간의 요리는 그 누구나 잘할 수 있는 것은 아닙니다.

시간을 잘 요리하는 기술을 가르치는 학원은 그 어디에도 없습니다.

우리 스스로가 게으르지 않게, 규칙적인 생활을 할 수 있게 노력해야 합니다.

시간을 잘 요리해야 훗날 어른이 되었을 때 분명한 자기만의 일을 갖게 될 것입니다.

후회하며, 탄식하지 않을 것입니다.

함부로 버리지 말아요

사람이나 물건이나 쉽게 버리는 사람은
버려진 사람이나 버려진 물건 때문에 울게 됩니다.
물건도 다시 한 번 살펴보고, 사람은 더더욱
웬만하면 버리지 말고 그가 달라지길, 변화되기를 기다려야
합니다.
쉽게 사고, 쉽게 사귀고, 쉽게 쉽게 떠나는 사람은
아마도 훗날 무척 가난하고 외로운 사람이 될지도 모릅니다.

할 수 없는 것도 있다

불가능은 없다고 나폴레옹은 말했습니다.

그러나…… 사실은 할 수 없는 일도 적지 않게 있답니다.

사람의 성격을 완전히 바꾸는 것.

山을 江으로 만드는 것.

江을 바다로 만드는 것.

떠난 세월을 돌이켜 데려오는 것.

긴 여름을 짧게 하는 것.

그런 것들은 아직 사람의 힘으로 하기 어렵습니다.

세상에는 사람의 힘으로 어찌해 볼 수 없는 것도 있다는 것을 알아야 합니다.

바람을 잡을 수도 없다는 것을……

좀 가벼운 느낌으로 가려면 욕심을
부려놓고 가야합니다.

지게

할아버지 지고 가는 나무지게에 활짝 핀 진달래가 꽂혔습니다.

라는 동시를 외우던 시절이 있었습니다.

할아버지는 나무를 하시다가 진달래를 좋아하는 할머니께 드릴 진달래를 꺾어 나뭇짐에 꽂으셨을 겁니다.

환하게 웃으실 할머니를 생각하며……

우리는 이제 '삶' 이라는 준엄한 나뭇단을 어깨에 지고 갑니다.

나무지게에 올려놓지도 않고 그저 등과 어깨, 머리에 지고 힘겹게 갑니다.

좀 가벼운 느낌으로 가려면 욕심을 부려놓고 가야 합니다.

상대방이 나를 미워한다고 말할 때

'나도 그렇다!' 고 대답하는 사람이 있습니다.
그럴 때 '그러니? 나는 너를 사랑하는데……'
라고 말하는 사람이 있습니다.
윗사람은 다툼을, 분노를 키우는 사람이고,
아래 사람은 평화를 키우는 사람입니다.
부드러운 혀가 뼈를 부러뜨린다는 말이 있습니다.
부드럽고 상냥한 말이 강한 말을 이길 수 있다는 뜻입니다.
물처럼 흐르고, 부드러워서 그 누구도 꺾을 수 없는
그런 말을 가져야 합니다.

날개 없는 새

키위라는 새가 있습니다.

날개가 없어 날지 못하는 새.

많은 사람들이 자기들도 새처럼 날고 싶어합니다.

'아! 나도 새처럼 날 수 있다면!'

하고 새를 부러워합니다.

그러나 자기의 재능을 알고 그쪽으로 매진하면

어느 날 날개가 생긴다는 사실은 잘 모르는 듯 보입니다.

재능이 있어도 갈고 닦지 않으면 끝내 날개는 생기지 않는

다는 사실도……

키위는 날기를 거부했기에 날개가 퇴화한 것입니다.

말이 달리기를 거부하면 이미 말이 아니고,

고양이가 쥐잡기를 거부하면 이미 고양이가 아닙니다.

날개는 내가 만드는 것입니다.

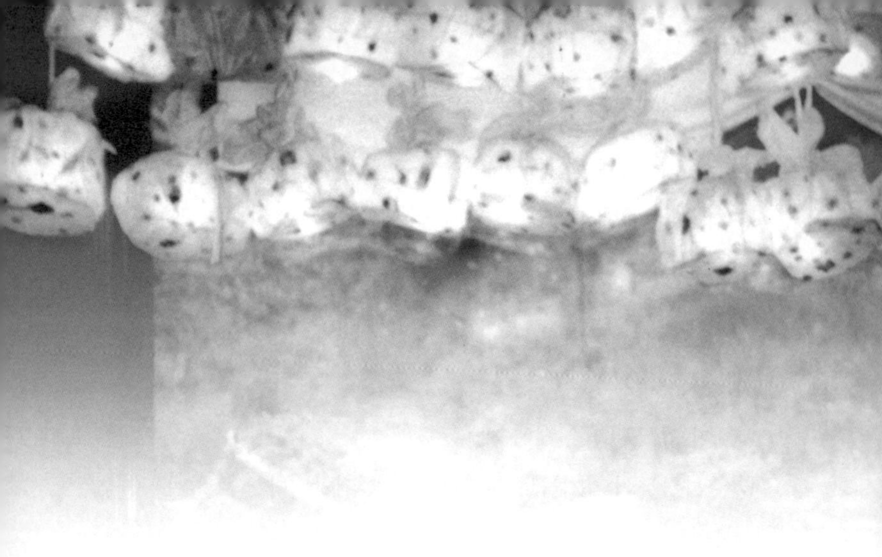

힘든 세상살이에서 환하게 다가오는 그런 사람이......

등불 같은 존재가

모든 것이 다 캄캄하게 느껴질 때 그때 떠오르는
등불 같은 사람 하나 있어야 합니다.
그런 사람 하나 없이 이 세상을 산다는 것은
사막을 타박타박 홀로 가는 것과 다르지 않습니다.
그런 사람을 곁에 두려면 내가 그 누구에겐가 그런 사람이
되어야 할 것입니다.
힘든 세상살이에서 환하게 다가오는 그런 사람이……

말이 너무나 많습니다

자기가 한 말을 이루는, 지키는 사람을 성실하다 합니다.

그러나 자기가 한 말을 지키려는 사람은 흔치 않습니다.

물론 솔직한 것이 어정쩡하고, 애매한 것보다야 나을 경우도 있지만 말을 뱉어 날리기만 하고, 실천하지 않으면 그이는 불성실한 사람으로 낙인이 찍힙니다.

사람들은 한 치도 안 되는 혀로 남을 베고, 할퀴고, 죽이고, 그리고도 자기 잘못을 모르고 있습니다.

말은 새털처럼 날아가고, 엎질러진 물과 같아서 말을 쉽게 하면 곤경에 처하게 됩니다.

매미들은 차 소리가 시끄러워 자기들 울음소리를 사람들이 못 들을까봐 더 크게 운다고 합니다.

밤에도 낮처럼 환하게 전등이 켜져 있으니까 밤에도 울고……

우리는 조용조용 얘기할 때 더 귀를 기울이게 되고 말이 적을 때 마음이 풍요로워진다는 것을 알아야 합니다.

요즘 세상에는 말이 너무나 많습니다.

세 번째 돌

아기가 태어난 지 1년이 되면 사람들은 돌잔치를 하며 그 아기를 축하해 줍니다.

사람들이 박수를 치며 축하해 주면 아기도 덩달아 손뼉을 치며 기뻐합니다.

그 아기가 자라 대학을 졸업할 때.

그 아기의 두 번째 돌이 찾아옵니다.

이제 그 사람은 홀로 이 세상을 헤쳐 나가야 하며 홀로 서고, 개척하고 어른으로서 살아야 하는 두 번째 돌.

글쎄요. 세 번째 돌은 나이 육십쯤 찾아오는 것 아닐까요?

열심히 살았으니까 이제는 자연으로 돌아갈 준비를 해야 하는 세 번째 돌.

첫돌보다 세 번째 돌은 진정 아름다운 돌일 것 같습니다.

치사랑이 있나?
사랑은 모두 내리, 내리 사랑이지!

치사랑, 내리사랑

어버이날에 외동딸이 카네이션 한 바구니를 보냈습니다.

그 바구니에 카네이션이 가득 담겨 있지만 치사랑이 담겨 있지는 않아 보였습니다.

그냥 넘어갈 수는 없어서…… 마지못해 꽃배달 시킨 딸.

그래도 그 꽃바구니 하나에 엄마는 안도의 한숨을 내쉽니다.

치사랑이 있나? 사랑은 모두 내리, 내리 사랑이지!

섭섭해서 늘 가슴에 얼음이 얼었던 엄마는 희미하게 웃으며 꽃을 봅니다.

그 엄마도 엄마의 엄마에게 그런 꽃바구니를 보내곤 했으니까요.

딸과 엄마 그리고 외할머니는 스텝(계단)과 같습니다.

올려다봐도 내려다봐도 똑같은 계단.

그처럼 닮았습니다.

꿈나무

우리들의 꿈나무인 어린이들에게는
희망의 열매, 사랑의 열매가 주렁주렁 열립니다.

햇볕과 물 같은 사랑으로 키워야 하는 꿈나무.
나무에 돌 같은 공부의 짐을 걸어놓으면 제대로 못 크는 꿈
나무.

낮에도 달은 뜬다

사람들은 달이 밤에만 뜨는 줄 알고 있습니다.
그러나 달은 낮에도 나와 있습니다.
해님의 빛이 눈부셔 달이 안 보일 뿐
달은 낮에도 떠서 우리를 바라보고 있답니다.
우리가 행복할 때는
잠시 잊게 되는 부모님처럼
잠시 잊게 되는 친구처럼
달은 그렇게 낮에도 떠 있다가 어두워지면 비로소 사람들
눈에 띄어 미소 짓는 것입니다.
해와 같은 존재도 있지만 달과 같은 관계도 있습니다.

모래알들은 알고 있습니다.
큰 바위로부터 자기들이 왔다는 사실을……

바위가 모래알이 된다

큰 바위도 비바람 맞으며 언젠가부터 깨지기 시작합니다.

그 큰 바위가 돌덩이가 되고 돌덩이가 자갈돌이 되고 자갈돌이 어느 날 모래알이 됩니다.

모래알들은 알고 있습니다.

큰 바위로부터 자기들이 왔다는 사실을……

그러나 모래알을 뭉쳐서 큰 바위로 되돌아가기는 정말 어렵다는 사실도……

원래로 되돌아간다는 것이 어렵다는 것을 깨져 본 존재들은 너무나 잘 알고 있답니다.

어떤 아버지가 계셨습니다

딸 여섯에, 아들 하나를 둔 아버지.
그 아버지에게는 아들만 보이는 눈이 있었습니다.
딸들은 희미하게 보이고, 딸들이 부르는 소리는 희미하게
들리는 눈과 귀를 가진……
아들, 아들 하던 그 아버지는 모든 재산을 아들에게 바치고
늙고 병들어 오갈 데가 없어졌을 때
그때 비로소 깨달았습니다.
딸도 아들만큼 사랑했어야 했다는 사실을……

편애란 자식 모두에게 상처를 주는 나쁜 사랑입니다.
아들, 딸 구별은 해도
차별은…… 해서는 안 되는 것입니다.

지금이 바로 그때다

사랑하면서도 고백하지 못했다면 지금이 그때입니다.

용서하지 못한 사람이 있었다면 지금이 바로 용서해야 할 그때입니다.

못한 일을 미뤄놓고 살았다면 그 일을 손에 잡아야 할 그때가 지금입니다.

부모님께 은혜에 감사한다고 말씀드린 적이 없다면 바로 지금 말씀드려야 합니다.

바로 지금.

지금을 잡고, 누려야 합니다.

지금 바로 그 기차를 타야 합니다.

놓치고 나서 그 기차를 탔었어야 하는데…… 탄식만 해서는 안 됩니다.

지금 바로 타십시오.

큰 나무는 나뭇잎을 한들거리며 이렇게 속삭였습니다.
'나도 한때는 어린 나무였단다'

큰 나무도 한때는 어린 나무였었다

어느 동네에 400살이나 나이 먹은 큰 느티나무가 있었습니다.

아파트가 들어설 때에도 그 나무는 옮겨지지 않았고 그 나무는 동네를 지키는 나무로 사람들의 사랑을 받고 늙어가고 있지요.

그 나무 밑에서 노숙하는 아저씨들이 누워 잠이 들 때도 있었고,

어떤 슬픈 표정의 아가씨가 앉아 눈물을 닦기도 했으며,

어느 땐 유치원 아이들이 재잘거리며 놀다 가곤 했습니다.

'와~ 큰 나무다'

'아냐. 늙은 나무야'

아이들이 그 사랑스런 모습으로 재잘거리고 있을 때 그 400살이나 나이 먹은 나무는 이렇게 말하고 있었습니다.

애들아. 나도 너희들처럼 어린 나무였던 적이 있었단다.

한 살, 두 살 나이를 먹다 보니 이렇게 큰 나무가 되었고 나이도 400살이나 되었구나.

너희들도 큰 사람이 되어 불쌍한 사람 쉬어가게 해 주고 좋은 일 많이 하길 바란다.

부디 건강하게 잘 자라렴.

큰 나무는 나뭇잎을 한들거리며 이렇게 속삭였습니다.

'나도 한때는 어린 나무였단다'

아직도 욕심 부리는 노인들

늙어서도 욕심을 많이 부리는 사람들이 있습니다.

나눌 줄도 모르고 그저 모으기만 합니다.

돌아가시고 난 후 모은 돈이 방바닥 밑에서도 나오고, 여기저기에서 나와 자식들을 놀라게 하는 사람도 있습니다.

그들이 모으는 것만 알았지 베풀 줄은 모른다는 것이 얼마나 큰 불행인지 아무도 일깨워 줄 수 없었습니다.

그들이 원하는 것은 부자일 뿐…… 이었기에 누구도 충고할 수 없었습니다.

늙어서도 욕심 부리는 것은 여행이 끝나가는데도 여행가방을 꾸리는 것과 같습니다.

여행이 끝나가는데도……

지금도 가슴 아픈 일

딸의 등록금을 남에게 빌려주고 제때에 못 받아 울며 하소연하던 어떤 착한 어머니를 위해 돈을 빌려주지 못한 일이 가슴 아픈 일입니다.

불면 날아갈 듯 작은 몸으로 거리에 앉아 할머니가 파는 참기름, 깨 등을 중국산이라며 사지 못한 일이 가슴 아픈 일입니다.

부모님 살아계실 제, 여기저기 모시고 여행 다니지 못한 일이 못내 가슴 아픈 일입니다.

말로만 사랑했지, 친구의 암 수술비를 못 내준 것은 참으로 가슴 아픈 일입니다.

착한 사람들의 가슴은 늘 아픕니다.

그들은 돕고 싶어도 도울 돈이 없기 때문입니다.

올망졸망 항아리에 간장, 된장 담그고,
매실주도 담그고,
두견주도 담그는 주부에게서는
삶의 향기가 나는 듯합니다.

장독대

아파트가 집으로 사용되면서 장독대 보기가 쉽지 않습니다.

올망졸망 항아리에 간장, 된장 담그고, 매실주도 담그고, 두 견주도 담그는 주부에게서는 삶의 향기가 나는 듯합니다.

사라져 간 것들 중에 아름다운 것들이 장독대만은 아니지만.

장독대를 보면 어린 시절 장독을 열고 닫으며 하얀 행주치 마에 손을 닦으시던 어머니가 떠오릅니다.

요즘 아이들이 자라 어른이 되면 헬스클럽에서 운동하던 엄마의 모습이 떠오를지, 컴퓨터 앞에 앉아 게장과 마늘 장아찌, 옷을 주문하던 엄마의 모습이 떠오를지도 모르겠습니다.

다음에 보자(see you latter)

미국 명문대학의 화학도가 신학을 공부하고 목사가 되었습니다.

그 목사의 설교는 많은 미국 교포, 그 중에서도 청소년들의 심금을 울리며 치유시켜 나갔습니다.

그 목사의 어머니는 자식 사랑이 대단했다고 합니다.

홀어머니와 단 둘이 살던 목사의 어머니는 대학을 스스로 벌어 졸업하고 그녀의 꿈을 찾아 미국으로 갔습니다.

자기의 꿈은 한국이라는 나라에서는 결코 찾을 수도 이룰 수도 없다고 판단, 미국으로 건너간 것입니다.

그곳에서 자기를 미친듯이 사랑한 과학도와 결혼을 했습니다. 남편을 통해 자기 꿈을 이룰 수도 있겠다 생각했습니다.

그러나 남편은 박사학위를 받자 한국으로 그것도 지방대학의 교수로 일하길 원했고 그를 따라 미국을 떠나올 수밖에 없었습니다.

남편이 교수일 뿐 자기의 꿈을 미국에 남겨두고 왔기에 두 아들을 데리고 미국으로 이민을 갔습니다.

미국이라는 나라는 자기 꿈을, 아니면 아이들 꿈을 찾아주고, 키워줄 것이라는 믿음으로……

아들 둘은 그 누구보다 잘 생겼고, 착했고, 성실했습니다.

그러나 그 어머니는 병이 들었고, 병원에 입원 치료를 받아야 했지요.

목사가 된 큰아들이 간호하다가 집에 좀 다녀오겠다며 일어섰습니다. 병상에 누운 어머니가 미소 지으며 말했습니다.

그래, 다음에 보자!

늘 갈등, 불안으로 초조해하다 그 어머니는 처음으로 편안한 표정으로 큰아들에게 인사를 했습니다.

그래! 이따가 보자!

그리고 두 시간 후 잠자듯 이 힘들고, 꿈을 이룰 수 없던 세상을 떠났다고 합니다.

그 젊은 목사는 말합니다. 어머니의 그 인사는 다음에 천국에서 다시 만나자는 인사였다고……

미국이라는 나라에 꿈을 걸었고, 남편에게 꿈을 의탁했고, 아들들에게 꿈을 키웠던 어머니.

어쩌면 우리의 꿈은 어떤 나라에서도, 어떤 대상을 통해서도 이룰 수 없고, 하나님의 뜻대로, 계획대로 살면 저 하늘나라에서 비로소 이룰 수 있는 것인지도 모릅니다.

그래! 큰애야. 이따가 보자.

자기의 꿈을 아들들에게 남겨두고 떠난 어머니.

그런 어머니가 너무 많은 세상입니다.

행복도 통장이 필요하다

한 푼 두 푼 돈을 예금하는 사람의 통장은 희망으로 반짝입
니다.

그러나…… 인출하여 쓰기 급급한 통장은 초라하기만 합니다.

사람들은 행복을 그 누구나 꿈꿉니다.

그 누구나 부자를 꿈꾸듯이……

행복의 기준이 다르지만 정신적으로나 물리적으로나 만족
하는 상태를 행복이라 합니다.

여름날.

출근길에 본 접시꽃에서, 지갑 속에 든 문화상품권 몇 장에서

더운 여름날 소나기처럼 쏟아지는 매미 울음소리에서

큰 수술을 끝낸 친구가 다시 살아났다는 소식에서

우리는 행복을 느낍니다.

작은 기쁨과 작은 인정을 통장에 모았을 때

그때 비로소 우리는 행복하다고 말할 수 있게 됩니다.

행복이라는 통장을 만듭니다.

매일 감사해야 할 일이 얼마나 많은지! 알게 됩니다.